CORREIO
LITORÂNEO

Nereu Afonso da Silva

CORREIO LITORÂNEO

Vencedor do Prêmio Sesc de Literatura de 2006

Contos

2ª edição

Editora Record
RIO DE JANEIRO • SÃO PAULO
2023

CIP-Brasil. Catalogação-na-fonte
Sindicato Nacional dos Editores de Livros, RJ.

	Silva, Nereu Afonso da
S578c	Correio litorâneo / Nereu Afonso da Silva. – 2ª ed. – Rio de
2ª ed.	Janeiro: Record, 2023.

ISBN 978-85-01-07945-9

1. Conto brasileiro. I. Título.

	CDD – 869.93
07-1938	CDU – 821.134.3(81)-3

Copyright © Nereu Afonso da Silva, 2007

Todos os direitos reservados. Proibida a reprodução, armazenamento ou transmissão de partes deste livro, através de quaisquer meios, sem prévia autorização por escrito.

Texto revisado segundo o Acordo Ortográfico da Língua Portuguesa de 1990.

Direitos exclusivos desta edição reservados pela
EDITORA RECORD LTDA.
Rua Argentina, 171 – Rio de Janeiro, RJ – 20921-380 – Tel.: (21) 2585-2000

Impresso no Brasil

ISBN 978-85-01-07942-8

Seja um leitor preferencial Record.
Cadastre-se no site www.record.com.br e receba
informações sobre nossos lançamentos e nossas promoções.

Atendimento e venda direta ao leitor:
sac@record.com.br

Sumário

uns

Úngaro dos Passos   9

Amarelinho, amarelinho   15

O eco da piscina   23

Leitão   31

outros

Goma-arábica   45

Queimada Grande   53

Um buraco na tarde   63

Migravit ad Dominum   77

uns

Úngaro dos Passos

Sabe-se lá por qual razão escreveram com quatro "*s*" e em maiúsculas, porque até três concluiriam: foi erro do tipógrafo, erro pequeno, escapuliu do revisor. Mas o fato é que no dia 4 de agosto de 1978 líamos os seguintes prenome e sobrenome no obituário do *Correio Litorâneo*: "Úngaro dos PaSSSSos (1900-1978) Que o supremo Senhor acompanhe a alma de nosso irmão a bom alojamento. Assinado: Seus companheiros e seguidores"

Seguia o obituário o texto em itálico.

O caminho do roubo é longo. É difícil. E se revela cada vez mais comprido, de não se lhe ver o fim — se é que fim existe. E nele estão os testas secas da Segurança

Pública colocando armadilhas, só para ver se quem tenta caminhar por ele é merecedor de inefável glória... que também está sempre além. Mas vale a pena arriscar-se nessa jornada. Não por uma possível e quase inacessível glória; só para caminhar por esse caminho e através dele ver as paisagens humanas, temer, desejar e uma vez ou outra ter o prazer de comungar com o Divino. Vale, sim!

Da infância de Úngaro, merece ser contado não sua lengalenga — dessa, cada um que faça a sua história — mas seu desfecho, porque chegou mais cedo do que o dos outros meninos.

Úngaro, garoto, voltava para casa passando pela feira e, como a ocasião se lhe apresentou, decidiu furtar ao peixeiro o mais graúdo xarelete.

Furtou.

Deveria pressentir, mas não o fez, que seu insolente ato pudesse fazer aquele comerciante renunciar a sua freguesia e sem enxugar as mãos no avental pôr-se a correr feito um touro para tirar satisfações com a família do menino. Encontrou-lhe o pai que, por sinal, era policial.

Depois tudo aconteceu muito rápido.

Úngaro, quando foi visto minutos mais tarde, já estava devolvendo o peixe ao peixeiro sob a testa seca e as sobrancelhas furiosas de seu genitor.

— Entrega o peixe, Úngaro, e pede desculpas. Agora olha para mim. Olha para mim. Eu não repito três vezes.

Mal olhou e *flonch*, sua boca começou a verter o sangue vítima do violento tapa paterno. Perdera seu incisivo ali mesmo, em público: um dente permanente que, pela idade do menino, substituíra o dente de leite havia menos de um ano.

Depois disso, Úngaro não foi mais visto na feira e em lugar nenhum. Errou de um canto a outro durante dias. Andou sem fugir. Não foi a nenhum lugar preciso porque não era um lugar preciso o que lhe faltava. Quando decidiu parar no topo do morro do Guaraú, não foi para apreciar a paisagem nem para ouvir que canto produziam os passarinhos. Seu caminho nesses dias fora o de um cego e o de um surdo. Se parou, foi para resignar-se pacientemente à idéia, a única idéia que o obrigava a coçar o pequeno queixo desde sua partida: a de que um delito raramente vem desacompanhado, e que quando mal acabou de ser executado já está dando lugar a outro, louco para ser levado a cabo. Destino?

Ficou lá sentado com um capim na boca ainda dolorida, na pequena clareira que cobre sem proteger o alto do Guaraú. Imóvel, assim, exposto às nuvens um dia inteiro e uma noite inteira. Um oco revolucionário aumentando em seu espírito. Passou mais um mês, mais um ano, muitos anos na mesma posição. Quando levantou-se, chacoalhou as pernas de adulto, transformou um nobre galho em cajado e desceu o morro cantarolando: "tsa-sa-saaa-tsa-sa-ssss", deixando com cada nota de música um vendaval de cuspe escapar pelo buraco órfão do incisivo. Mas cantava com firmeza.

Chegou na planície. O vento balançava-lhe a barba e os cabelos longos. Apoiando-se no cajado, avançou em seguida até a praia e não fosse a fórmula seguinte explodida de realidade a escreveria com menos pudor:

depois de tocar o mar com seus pés, viveu o resto da vida roubando feliz como ninguém.

É o que a história conta. Moveu-se desse modo: afanando de tudo — não de todos, mas de muitos. Virou perito. Com o nobre cajado quebrava janelas, arrombava cofres e paredes. Equilibrava os riscos com seus princípios para que o desenrolar das missões (era por esse nome que tratava seus roubos) não contivesse menos prazer do que rigor.

Úngaro morreu velho, dormindo, sem nenhum arranhão, rodeado por seus fiéis.

Costumava contar, mais por instinto pedagógico do que por vaidade, que sempre se livrara dos tiras da Segurança Pública na hora em que eles enxugavam a testa.

Dizia assim:

— Prestem atenção no como! Eu ajo assim. Quando o tira da testa seca se aproxima já gritando "nome e documento, ô elemento!", apresento-me dizendo meu nome: "Úngaro, doutor polícia." Na hora do sobrenome, o bote invisível, eu o solto quase colado com o sujeito: "Passssos, doutor polícia". E, na boca, o buraco órfão do incisivo deixa a pronúncia maldefeituosa, deixa o sobrenome Passos sair comprido: "Passssos, doutor polícia", assim, cheio de "s" ventando cuspe na cara do policial. Aí é só esperar o inimigo se distrair para enxugar a testa e afundar-lhe, num golpe, o cajado na figura. É batata, funciona sempre — confessou a seus fiéis colegas que, em sua homenagem, escreveram o texto publicado em itálico embaixo do obituário.

Amarelinho, amarelinho

O vigarista chegou dizendo que era rico. Impressionou todo mundo. Comprava fiado e dizia que pagaria assim que a transferência de seus tostões chegasse na agência bancária da cidade.

Uma cambada de ignorantes bem pobres o seguia como se segue uma cadela no cio. Entravam no botequim e o vigarista pagava a rodada de rabo-de-galo para todo mundo e saía dizendo: põe na minha conta aí patrão que semana que vem tô acertando.

Ia uma vez por semana ao banco para ver se a tal da transferência fora efetuada em sua conta. Nada ainda. Ficava uma fera, esbravejava:

Estão é aplicando o meu dinheiro, esses sem-vergonhas. Canalhas!

O vigarista estava esperando uns cinqüenta mil, dizia.

O Rufino se propôs gentilmente a ajudar o forasteiro. Olhe, meu ordenado sai em dois dias, posso lhe emprestar um dinheiro até a sua situação se regularizar.

Quanto ganhas, perguntou o vigarista.

1327, 48 sem os descontos.

É uma mixaria mas vou aceitar porque sinto que é oferta de amigo. Te pago em dobro assim que meu dinheiro cair na conta.

Embolsou todos os mil trezentos e poucos emprestados e os deu de entrada na compra do meu fusca. Prometeu me pagar as próximas parcelas com os cinqüenta paus que chegariam. Disse-lhe então que daria o recibo somente quando chegasse o primeiro pagamento. Não tem erro, ele respondeu. Depois saiu cantando os pneus, sem carteira que não tinha mesmo. Só não se espatifou na árvore porque a gasolina acabou a tempo.

Andou falando para todo mundo que ia pintar o fusca de roxo e vermelho.

Eu disse: roxo e vermelho?

Roxo e vermelho, sim senhor. O fusca não é mais sua propriedade. Agora é meu, então pinto da cor que bem entender.

Claro, claro, eu disse antes de expor-lhe meus argumentos: você é novo na cidade, talvez ainda não tenha reparado que tudo por aqui já é roxo ou vermelho. Se pretende se destacar mais do que já vem se destacando é melhor deixar o meu, digo, o seu fusquinha assim mesmo: amarelinho, amarelinho.

Tô achando o senhor muito inteligente.

Você é que é inteligente, muito, só não enxerga quem é surdo, digo, burro, completei.

Saiu com o carro e na primeira esquina começou a namorar a Lucila, que por sinal fora minha professora. Fazia a velha de gato e sapato. Um dia ela lhe deu uma camisa de seda com flores verdes estampadas em um fundo de ondas azuis e pretas. Linda.

Muito obrigado, meu amor.

O vigarista vendeu a camisa no dia seguinte. Vendeu caro. Disse que trouxera de sua última viagem ao Egito: o país da areia quente, frisou. Rufino acreditou e desembolsou uma fortuna pelo cetim mequetrefe.

Rufino era contínuo e nos fins de semana tocava o pequeno hotel do pai. O vigarista conveceu-o a largar aquela vida de escravo e prometeu-lhe o cargo de gerente de sua farmácia na Paulista.

Mas a avenida Paulista é em São Paulo, não é?

Olha, Rufino, não estou lá muito contente com o atual gerente, um tanto folgado pro meu gosto. Acho teu perfil o perfil ideal para ocupar o posto.

Rufino titubeou, estava contente no hotel do pai e de qualquer maneira não teria dinheiro para pagar um aluguel em São Paulo.

Mas que aluguel, Rufino? Tu ficas é no meu apartamento: 16° andar na própria Paulista, uma vista linda de toda a cidade. A gente espera a reforma da farmácia acabar e eu te mando pra lá, tá combinado.

O vigarista passou a viver no hotelzinho do pai do Rufino, só o tempo da reforma da farmácia acabar: um mês, dois no máximo. Enquanto isso, quarto, comida, roupa lavada, tudo de graça para o proprietário da maior rede de farmácias e laboratórios médicos da capital do estado, segundo o próprio vigarista.

O tempo passava e nada do dinheiro chegar ao banco. Oito dias de atraso vá lá, mas meses...

O vigarista disse ao Rufino que venderia seu *helicopto* para saldar as dívidas.

O senhor tem um?

Tenho é dois.

Rufino o convidou para ser seu padrinho de casamento.

Claro, Rufino.

Patrão e padrinho.

Amigo, sobretudo, sorriu o viga.

Uma manhã, o vigarista inventou uma voz de ministro, pegou o telefone e ligou como que de Brasília para o hotelzinho do pai do Rufino pedindo para falar com um dos hóspedes. Pediu pelo próprio nome, não o de ministro, o de vigarista, e disse que era urgente. Ele não está, seu ministro, respondeu Rufino, foi ao banco retirar um dinheiro que lhe é devido, só volta à tarde.

O vigarista saiu do orelhão, escondeu a falsa voz do ministro e, pigarreando, recuperou sua fala normal. Voltou para o hotel.

Olha, Rufino, por acaso o ministro ligou pra mim?

Ligou, sim.

Pois fecha a minha conta, tenho que partir imediatamente.

Mas...

Sinto muito, Rufino, te darei notícias.

8700.

Oito mil e setecentos, só isso? Rufino.

Dois meses de diária, pensão completa, organização de festas, bailes... dá 8700.

Me dá uma foto do teu hotel, uma bem bonita.

Serve esta?

Perfeita, Rufino. Vou publicá-la na contracapa do *Correio Litorâneo*, meu jornal. O preço da publicidade é treze mil, pra ti e pro teu pai eu faço onze mil.

Onze mil?

Não, onze mil menos os oito e setecentos que eu te devo. Dá quanto? faz a conta.

+, −, sobra um, vezes tanto, dá 2500.

Não, Rufino, dá 2300. É isso o que tu me deves.

Só?

Dá o dinheiro que eu preciso... tu sabes, o ministro, sabes, o ministro. Tchau, Rufino.

Acabou preso o vigarista, que, nesse mundo de justiça certa, vigarista acaba sempre preso. Não tem conversa.

O vigarista deu um tapinha nas costas do delegado com uma mão e com a outra entregou-lhe de presente as chaves do fusca. Partiram cada um para um lado, contentes com o negócio.

Deixei passar dois dias e peguntei para o testa seca do delegado se ele tinha a nota da compra do fusca. Não? Pois eu tenho, passa esse fusca pra cá, policial otário. Entrei no carro e, muito inspirado, parei na primeira cidade reclamando também no banco do atraso de uns meus cinqüenta paus.

Não caíram no meu embuste e para completar quando saí da agência — putaqueopariu — dei com a fuça do delegado. Sem piedade o polícia mirou e atirou direto na minha direção. Senti a bala estraga-prazer matando-me as tripas. O delegado cuspiu, digo, assoprou o cano fumegante e me deixou lá, caído duro na calçada, onde começou a escorrer misturado com a poeira, o meu sangue estragado, amarelinho, amarelinho.

O eco da piscina

Como toda manhã, por volta das 10h30, estou eu hoje aqui sentado nesse vestiário, vestido desse maiô magricela e desses óculos de natação, pronto para entrar na água. É que até agora não encontrei melhor lugar do que essa piscina para tentar banir — de uma vez — o torpor causado por esse sentimento que tenho.

Fosse eu poeta, filósofo, contista ou até mesmo foca de jornal, teceria um véu sob o qual apresentaria tal sentimento com mais resguardo, ou talvez nunca pronunciasse a palavra a que ele corresponde, deixando-o, assim, escondido para sempre atrás de uma espessa trama. Mas como meu caso é outro, caso muito comum, senhoras e senhores, tão cotidiano quanto esse maldito sentimento que me envolve, não consigo nomeá-lo sem tropeçar na banalidade do seguinte termo: "solidão". Que com o eco da piscina se ouve da seguinte maneira:

...solidão...so-lidão...li-dão...dão...dão...ão

Se os horários de abertura da piscina fossem mais flexíveis, eu passaria mais tempo nadando, ondulando nesse puxa e empurra típico dos fluidos, buscando a economia do movimento, a extensão do gesto da mão furando a água e um aperfeiçoamento, seja lá qual fosse, dos resultados do dia anterior. Para ser sincero, só nado para mobiliar o vazio que tenho de sobra. No princípio eram duas vezes por semana, algumas braçadas até completar mil metros, o suficiente para deixar-me de joelhos tremidos. Mas hoje, olhem só, sou peixe-homem. São quilômetros de nado e de certa perseverança. Hoje em dia — e o que eu conto é verdade — há uma certa geometria no meu corpo que adere às linhas e volumes da piscina. Nado, nado, nado dois mil metros bastante cadenciados, mais mil metros de pernas, mil de braços, de costas, *crawl*, e depois subo as escadinhas pingando suor e cloro, anestesiado pelo quadrado azul e líquido da piscina. Só então, enquanto deixo o jato da ducha espirrar em meu dorso, penso no dia de amanhã, quando estarei, num *tchibum*, de novo dentro da água, sozinho.

...so-zinho...zinho...zinho...inho

Tem sido assim, sempre...

...sempre...sempr...semp....

Aceito e avanço. E descubro que, enquanto nado nesse dentro e fora do nariz que inspira o ar e o solta na água, aparece-me uma calmaria, uma transcendental calmaria que vem hipnotizar-me. Sinto-me com outro peso. Acontece sem que eu perceba o momento exato. Na maior parte das vezes, vem depois dos primeiros mil metros. É isso, depois dos mil metros, nunca antes. De repente, na minha cabeça o ritmo do pensar e do pensado se transformam, se esticam, se aprimoram até. Aí, nessa outra natação, sou sensível a tudo ao meu redor, à àgua, ao ar e ao eco. Mas o melhor é quando deixo de pensar pensamento de homem e viro pensamento de peixe. Mas é raro e não dura muito. Então volto a me contentar com os devaneios mais corriqueiros. Sigo nadando e divagando. Uns lampejos de memória de outras piscinas, de outros lugares, de quando nadava escondido. Lembro do tempo de mocinho, do salto do muro do Hotel Glória e do *tchibum* na piscina proibida. Aqueles verões adolescentes, de madrugada, fugindo de cueca molhada de cloro, sozinho, e os vigias: pega o guri, pega o guri, caralho! Lembro do salto esfolado de gato atrapalhado, do corre-corre, uma quadra com a sobrancelha sangrando, dos gritos: pega aquele guri, porra! Cortava pelo terreno, despitando-os. Ofegava. Mais uma quadra e então podia implodir num choro abafado, só de cueca, cloro, o corte original da cicatriz e uma vontade de dar o fora dali antes que a lua murchasse de vez. Assim, assim e assim era o meu antigamente que agora repasso, distante, em nado tranqüilo de homem maduro...duro...uro....

Costas, *crawl*, lembranças, invenções e aquela outra história que saiu ontem no *Correio Litorâneo*, a história do rico estrangeiro que, seduzido pelo efeito do eco produzido pelas paredes de uma piscina coberta, comprou tudo, demoliu tijolos e azulejos, transportou-os a seu país para lá reconstruir com os mesmos tijolos e azulejos a mesma piscina. Tudo estava lá, da placa da porta de entrada aos engastes dos chuveiros, era a mesma e idêntica piscina, faltando, evidentemente, apenas o tão desejado eco.

É que travessuras de eco de piscina se reproduzem bastante, é tão típico isso.

Agora mesmo, escutem, prestem atenção nisso que acredito ouvir enquanto nado: Nereu...reu...eu..., Ne-reu...reu...eu.... Mas será possível? Alguém me chama? É melhor eu parar um pouco de nadar. Então paro onde estou, atrapalhando os outros nadadores. Quero apoderar-me da origem desse chamado. Fico aqui boiando e girando o pescoço feito parafuso até perceber que tem mesmo alguém lá do outro lado, uma figura de carne, cabelo e osso que parece gritar: Nereu...reu...eu....

Ainda não lhes disse mas, no fundo no fundo, sempre soube que a piscina me salvaria. Quando foi a última vez que pronunciaram meu nome...? Sem contar aquele *trim, trim* de telefone velho, aquele Nereu dito assim de um jeito sem surpresa, parental: alô, mãe; claro, mãe; não, mãe; tudo bem, mãe; estou bem, mãe; tchau, mãe — tchau, Nereu, meu filho. Quando foi que me chamaram pela última vez? Ignoro. E aqui hoje essa outra voz que não reconheço ainda, mas que por um motivo ou por outro precisa de mim. Nereu...reu...eu.... Quantas vezes em minha existência fui protagonista de tal fenômeno? E agora, a cada vez que o eco se pronuncia, eu bóio e me debato na água, acenando para essa voz que se interessa, ou que procura, ou que reclama por mim.

Aproximo-me. O que são duas dúzias de braçadas para quem desliza quilômetros e quilômetros todo dia? Mais um pouquinho e então poderei dizer: eu sou o Nereu que você procura. Estava nadando e ouvi você me chamar. Acredito que você seja, ou esteja se tornando, uma pessoa amiga; qual é mesmo a sua graça? E a pessoa da voz assoprará o nome no meu ouvido, assim baixinho, quando estaremos frente a frente, daqui a dez braçadas, nove, seis, quatro...

Três, duas e, de repente, oh! não, o tempo pára...

...pára...pár...pá...

A água imobiliza-se.

Eu me imobilizo no preciso momento em que, com um deslustre nos olhos, droga, entendo tudo.

Então continuo a série de questões: Como esconder minha decepção ao decifrar a astúcia do eco em embaralhar os sons? Como disfarçar minha cara de bobo ao identificar nas costas da camiseta do salva-vidas seu heróico nome estampado em laranja: Romeu. Ro-meu...eu...eu...., conforme o grito do eco. Ele sim o verdadeiro alvo do chamado desesperado, amigo ou apaixonado, sei lá, que eu queria porque queria que fosse berrado na direção do meu coração. Nessa hora meu corpo desconcentra-se, acabo engolindo água e corro nadando até a borda. A tosse me sufoca. Como pedir auxílio ao salva-vidas se ele me encara dois segundos, nem mais nem menos, e parte batendo suas sandálias, abandonando-me roxo no meu engasgo de bobão...bo-bão...bão...ão....

Leitão

Tivessem estas linhas a intenção de ficcionalizar a realidade, o nome do vosso herói seria aqui modificado ou omitido. Mas como o plano que aqui se tem em vista é de caráter documental, cumpre revelar a identidade do sr. Nereu Afonso da Silva, correspondente do *Correio Litorâneo* em Peruíbe.

Em vez de doutor Nereu, como meu pai gritava exigindo para que eu assim fosse tratado, fui, sou, e sempre serei conhecido, do morro do Guaraú aos confins da Praia Grande, pela alcunha de Leitão.

Minha primeira experiência com as letras foi com a letra "F", ainda quando pouco maduro na minha Itanhaém natal, quando era "administrador de processos", cargo criado pelo então prefeito da vila, dr. Garrido. A tarefa era simples. Todos os processos de construção de cemitérios, desapropriações, e qualquer outro alvará concernentes à linha que se traça entre a boca do rio e o bairro novo deveriam ser arquivados em um armário de jacarandá em cuja porta lia-se, pirografada, a letra "F" — Presta atenção, Leitão — rosnava o meu superior — todos não são um nem dois, todos são todos; tu os colocas no "F". Compreendeste?

Como não é novidade para cristão algum que o Francês era o banqueiro do jogo do bicho que mais financiava as obras em Itanhaém através das contrubuições que o governo do estado — não se sabe como — legalmente lhe tributava, nada mais justo que possuísse o seu armário no gabinete do prefeito da cidade. Era isso o combinado. De tempos em tempos, seguia à baixada num Landau, vindo de Santos, para verificar o bom emprego de seus tostões. A inimizade declarada aos outros bicheiros arranjava-se para que jamais comparecessem juntos ao mesmo tempo naquela parcela do litoral. E, se por uma fatalidade qualquer, o Francês cheirasse a presença de um inimigo nos arredores, metia logo mais capangas nas ruas para aumentar o volume da comitiva, astúcia antiga, do tempo em que o poder se avaliava pela quantidade de poeira levantada pelos acompanhantes de um homem. Assim, evitava qualquer ombrada indesejável. Examinava de maneira idêntica todos os processos, só por fricote, porque só eram tratados aqueles que lhe interessavam diretamente. No fundo, administrar esses processos era empreitada sem mistério, até mesmo para mim, o ansioso Leitão, que tivera pela primeira vez a oportunidade de demonstrar meus préstimos e por eles receber a gratidão do Francês numa chuvosa e, como se verá, sofrida manhã de quarta-feira.

Vem de anterior àquele tempo o meu gosto pelos pastéis de feira. Só não escapava da prefeitura em dia de chuva grossa porque, parco como eu só, a simples idéia de colocar meus únicos pisantes de serviço n'água suprimia-me o humor. Poderia ir descalço, bate e volta até a banca dos pastéis, mas tinha medo de bicho-de-pé. Então ficava lá, abatido sobre a mesa resmungando coisas que só eu entendia.

Naquela manhã chuvosa, porque, como se relatou acima, tratava-se de um típico dilúvio, decidi inovar. Brotando de uma caverna perdida no fim do fundo de meu cérebro, uma inspiração de decorador, muito provavelmente herdada de minha mãe, impeliu-me a embelezar meu ambiente de trabalho. Por que não? Um, dois e já! Abri a gaveta de minha mesa. Vasculhadela rápida. Uns trecos. Comecei. Expus, conjugadamente sobre uma folha de papel em branco, meu toco de lápis, minha esferográfica e uma borracha verde. Num instante de gênio, assinei a folha com o meu nome para ganhar tempo caso tivesse que fazê-lo mais tarde. Um trabalho asseado que dava orgulho de ver. Repousei a caneta sobre a folha e soltei um gritinho que, ao contrair-me levemente o abdômen, simultaneou-se a um ligeiro peido. Um tempo.

O inevitável.

Sobe um fedor seco — oh, de lascar! Olho rápido para direita, para esquerda.

— Ai! meu Santo Anselmo, tomara que dona Ivone não resolva entrar logo agora para reclamar o apontador de lápis.

Com uma mão enxugo o suor da testa. Com a outra, reajusto a cadeira à postura de meu corpo. É o mínimo que se espera de qualquer cidadão com aspirações literárias mais elevadas: que seu suor seja controlado como as lágrimas de um ator de melodramas e que seu corpo esteja lá, reto e aberto, disponível às aclamações do povo, aos vivas e aos "Urra,

urra, urra; rei da literatura", sonhava. Dona Ivone não entrou. Então, antes mesmo de passar a outra atividade, pus-me a raciocinar: Por que gritara? E concluí mais rápido do que o de costume. Gritara porque não vira na gaveta o apontador de lápis que dona Ivone me emprestara na véspera, sob uma tempestade de recomendações e ameaças:

— Pelos castiçais do tonho, estou frito!

Toco a remexer o móvel. Ai, os nervos! Sacudo tudo. Deslizo a mão pelo fundo da gaveta, zona não atingida por meus olhos (a essa altura vesgos de terror), e nada de apontador. Acabo tocando, não com as unhas, mas com o meu grosso anel de pedra vermelha, um outro objeto, certamente de madeira visto o *tuc* produzido pelo choque. Não o identifiquei imediatamente ao tateá-lo com meus dedos. Tentei arrastar com difuculdade o misterioso objeto que, pelos arranhões que me causou no pulso, deveria estar enroscado entre o fundo da gaveta e o tampo da mesa. De fato, estava. Quando finalmente começo a trazer o estranho instrumento para fora do sufoco já era tarde demais:

— Leitão! — ouvi, sem o preliminar "bom-dia" que qualquer criatura educada através das boas maneiras para o convívio social deveria pronunciar ao ver um outro ser humano (um colega de trabalho no nosso caso) pela primeira vez pela manhã.

— Do-do-na-I-vo-vo-ne!

— Leitão, o Francês está ali ao lado, no gabinete do dr. Garrido. O homem está uma arara.

— O prefeito?

— Não, o bicheiro. O dr. Garrido também.

— Por quê?

— Por que o quê?

— Por que o Francês está uma arara?

Não obtive resposta. De fato, não tive tempo para obtê-la. Um berro de rachar cristal, vindo do gabinete do prefeito, atravessou o corredorzinho que separa as duas salas, transpôs o batente e sem resistência penetrou-me pelas orelhas, alojando-se dentro de meu crânio. Balancei.

Dona Ivone desapareceu dali deixando comigo, coitado de mim, o eco ainda potente do dito berro.

— Leitão!!!

Não sei se meu salto da cadeira veio ao reconhecer a voz do prefeito ou se saltei justamente para reconhecê-la. O fato é que ainda atormentado ousei, não tinha escolha, oh! pobre diabo, a emitir um gaguejado "Pois não, excelência".

— Dr. Francês está aqui e está com pressa. Traz para minha sala a pasta do processo do bairro novo porque nosso amigo quer, com razão, mais rapidez no andamento das licenças.

Eu teria um minuto, dois no máximo, para executar a ordem. Mas logo de cara pressentira — eu, que talvez não fosse, certamente não era, o mais sábio dos idiotas, mas merecia (por compaixão, vá lá) ter meu valor reconhecido. Afinal, senhoras e senhores, é fato que qualquer prova da diferença essencial entre o tolo e o não tolo acaba, cedo ou tarde, revelando-se uma falácia. Vosso herói, agora, avistava o sorvedouro em que involuntariamente mergulharia.

A estrutura de meu corpo por fora não parecia frágil, todos consentiam. Era o interior que me desestabilizava. Acossado, a barriga reagia mal. Sempre.

— Como é que é, Leitão! — o prefeito de novo.

Minha reação:

Ai meu Santo Anselmo! Uma tontura e pronto: meu oxigênio vacilou. Primeira escuridão. Pisco intermitentemente os olhos a fim de evitar o desmaio. A sala gira, gira, gira. Segunda escuridão. Vosso funcionário público arregala os olhos em busca de um ponto fixo no espaço ainda turvo sobre o qual possa apoiar-se. Nessa hora minha bunda se lembra da cadeira. Num *vlapt*, afundo meu corpo no raso assento de madeira. O choque me faz bem. À deriva, passo a raciocinar: — Por que o enjôo?

Sabia que tal processo nunca existira; pior: sabia que dr. Garrido também o sabia, e se sua excelência, o prefeito, estava lançando mão de uma astúcia dessas, uivando pela papelada, é porque contava com a pessoa de seu fiel administrador de processos, eu, no caso, para desatar-se de uma vez por todas da fúria do bicheiro. Droga, acertei. Era exatamente essa a razão. Se vira, homem! — disse a mim mesmo.

Prefeito:

— Porra, Leitão (não há símbolos ou letras na tipografia atual que exprimam a estridência desse penúltimo grito).

Reação:

Uma melodia surda, às avessas, indicava, como o trovão indica a existência do relâmpago, que a trajetória habitual dos líquidos e vapores do meu ventre fora alterada.

Só há tempo para fechar a porta. Rápido, amigo! — disse, de novo, a mim mesmo.

Tlac.

Feito isso, um jato de vômito rompeu-me o focinho. Uma inundação.

Nunca minha alcunha encaixara-se com tanto ajuste como agora a essa minha atitude trágica e desfigurada. A meleca expandiu-se sobre a mesa recém ordenada. Imaginem, como quiserem, uma espécie de mapa-múndi onde a madeira escura do tampo da mesa representa os mares e oceanos, enquanto que o dinâmico vômito, de sua pangéia original, toma aos poucos o rumo do atual endereço que os continentes e ilhas ocupam no globo.

— Leitão, está tudo bem?! — o prefeito, com a habitual estupidez.

— Já estou *glup* indo, excelência.

Foi nesse momento que uma iluminação da divina providência, pouco importa, veio-me em socorro: Um pano! Na gaveta! Nada! *Blump!* e destruí a gaveta. Acabei, sem querer, revelando a identidade do misterioso objeto de madeira que minutos atrás insistia, teimoso, em manter-se preso no fundo do móvel: um carimbo.

Enxuguei, com o que pude, a boca e as substâncias que me pendiam do queixo. Peguei a folha em branco escapada sã e salva da cena acima descrita. Carimbo-a sobre a assinatura que rabiscara anteriormente. Carimbo-a de igual feitio no verso, fantasiando-a definitivamente de documento oficial. Uma pasta que não estava na história, outra obra da divina providência — Obrigado, Santo Anselmo! — apareceu sobre minha mesa e serviu de carapaça ao fictício processo. Em um passo apareci sob o batente da porta do dr. Garrido com a cartolina verde tremendo nas mãos.

Avanço, molho os lábios com a língua feito um culpado incapaz de fingir-se de inocente e então respondo com um "sim" ao "está tudo em ordem?" lançado por sua excelência. Deixo a pasta nas mãos do prefeito — Obrigado — De nada, dr. Garrido. A autoridade abre a pasta com discernimento, protegendo-a da vista do Francês. Depois de varrer com os olhos de cabo a rabo a página falsa em branco, raspa a garganta com um típico pigarro de preparação à fala.

— Muito bem lavrado. Já podes encaminhá-lo — acenou-me com a cabeça cúmplice.

Francês, ignorando a maracutaia, pela primeira vez gentil, sorriu e agradeceu-me.

— Estás dispensado, Leitão. Tu podes ir — finalizou o dr. Garrido.

Os dois homens trocaram apertos de mãos. Deixei-os com suas gargalhadas. Depois recuei, bambo. Voltei para minha sala nuns passos lentos, os olhos inchados por aquele vazio de nada na alma. Encostei-me contra a porta agora fechada e dessa posição percebia e recebia o estado das coisas, a mesa imunda, os pedaços da gaveta no chão, o cheiro ácido empestando o ar. Então guio-me soluçando em silêncio até o carimbo, um carimbo de madeira ordinária mas, vejam vocês, de muita serventia. Ajusto-o ao lado da esferográfica e do lápis. Meu corpo me senta e assim fico um longo momento ouvindo o *plic plic* da chuva grossa sobre o telhado, as mãos nas coxas, as costas arqueadas e os olhos abatidos, inibindo, com a fraqueza que me resta o choro, o choro, ai! o choro. Porque meu pai, que queria que me tratassem por dr. Nereu, também me gritava exigindo que homem que é homem não chora... nunca.

outros

Goma-arábica

Foi aí que o inesperado aconteceu!

Estavam no estacionamento do bar Portal, onde deixaram o carro. Ela muito serena e o moço achando-a cada vez mais bonita com aquela jaqueta e tudo. Com o *bip-bip* da porta automática enguiçado, vou ter que girar com a chave, ela pensou. Atravessaram as folhas do chorão quando o moço a pegou pelo braço e sussurou no ouvido dela: muito ermo aqui, melhor apressar o passo... é essa violência embrutecendo a gente...

* * *

Uma caipirinha, ela pediu à garçonete, que anotou o pedido e esperou o moço se decidir. Uma cerveja, não, uma caipirinha para mim também — Então são duas caipirinhas? — Isso, acenaram-lhe com a cabeça. A garçonete afastou-se em direção do balcão: sai duas caipirinhas aí, Portal. Portal?, não sabia que era o nome do patrão, disse ela. Aqui não é o canto da cidade que você mais freqüenta, não é verdade?, perguntou o moço. Portal, ela repetia, que nome legal. Portal chegou aqui de barco, um barco grande de pesca, veio descendo, Ilhéus, Rio, Santos, e um dia parou por aqui, gostou porque achou tranqüilo, naquela época até que era bem bucólico... Ela riu do bucólico. O moço não percebeu e continuou: já faz pra lá de dez anos, talvez um dia ele parta para o gelo, Punta Arenas, vai saber, ele já esteve no México, no Panamá, no Havre, um porto da França... Eu sei, disse ela. Você conhece?, indagou o moço. Viajei um pouco quando tinha sua idade e agora viajo a trabalho, para o jornal. Conhece a Índia? O Rajastão, ela respondeu. E a Índia? O Rajastão é um estado da Índia, ela disse. Ah... tem muitas drogas lá? Não sei. É bonito? É. Deve ser mesmo, o moço concordou. E assim passaram um bom tempo, ela e o moço juntos, bebericando os canudinhos de cachaça-açúcar-gelo-limão, conhecendo-se.

Não estava previsto mas ela acabou dizendo: sabe, hoje é o meu aniversário. Sério? Já passou da meia-noite, não passou? O moço olhou o relógio e disse: no meu faltam dois minutos, você quer mais uma? Quero. Quer comer alguma coisa também? Ela fez que sim com a cabeça. Então o moço se levantou, bonito, calça e camiseta, destreza nos músculos, e partiu em direção do balcão. Atravessou o salão, bem cheiinho para uma terça-feira às onze e cinqüenta e oito, e voltou com um pacote de tabaco e uma caixinha laranja com papéis para enrolar cigarros, sentou-se. Um curto-circuito agradável, tangível, nos olhares. O moço pegou um papelzinho, passou-lhe o dedo para quebrar-lhe o vinco, depositou em sua concavidade uma pequena quantidade de tabaco irlandês, presente do Portal, e enrolou apertadinho o cigarro. Com um sorriso encantador, passou sua língua para umedecer a face do papel impregnada de goma-arábica. Pronto, bem colado esse. Faz um pra mim, ela falou baixinho. O moço fez com a mesma perícia. Ela testemunhou os dedos, as unhas, a pele das mãos dele, do rosto, os olhos ligeiramente vesgos ao lamber o papel, que sorriso meu deus! O moço espichou a mão: tó, tá pronto. Fumaram. A garçonete chega com as caipirinhas e — surpresa — uma velinha de aniversário espetada em um dos sanduíches. A garçonete acende a vela, arruma tudo sobre a mesa e se afasta. Feliz aniversário, o moço diz. Obrigada. Aproximam-se para que ele lhe dê um beijo. Obrigada... e ela devolve-lhe o beijo. Continuaram assim pertinho, recolhidos um para o outro, protegidos por uma bolha invisível e única, hostis a toda violência, a toda aspereza das pancadas e chicoteadas do mundo de fora. Um outro beijo partilhado. Obrig... E mais outro, ou talvez ainda o mesmo. Você tem os lábios tão doces, ela suspira. E eu gosto do seu nariz, o moço diz. Do meu nariz? Enquanto isso, o gelo das caipirinhas ia derretendo, os sanduíches iam esfriando, parte da cidade roncava na frente da televisão, a vela, o *Correio Litorâneo*, o pior jornal do planeta, ia mofando nos lares e escritórios da região. É, do seu nariz. E o moço beija-lhe o nariz. A garçonete, do balcão, de sagitário, observa os amantes, áries e aquário enrolando-se. Você acredita em signos, Portal?, pergunta a garçonete. Acredito.

Já é meia-noite e sete. Feliz aniversário de novo, o moço assopra no ouvido dela. Ela pousa sua mão sobre a dele, uma sobre a outra roçando e roçando rente à pele sob o som surdo do fundo do bar e aos poucos nova conversa, outras questões, você não concorda? Começam a comer os sanduíches. Concordo mas essas coisas mudam, diz ela. Cuidado, interrompe o moço, dá todo dia no jornal, no seu jornal. Espero que você esteja errado porque... Não estou certo de nada, mas é tanta violência, como no ano passado... Mas acabou só em socos e pontapés, não foi? Em tiroteio, diz ele. Ah, é?, não sabia. E sempre tem um que morre, ou vários, ou muitos. E você vive com medo, não é?, pergunta ela. Ele não responde, ou responde de boca cheia, não lembro. E voltam a comer. Há uma pausa, um silêncio cúmplice enquanto terminam os sanduíches.

O salão se esvazia pouco a pouco. Os clientes vão saindo e deixando no ar outros sons: as ondas da praia quebrando ali ao lado da mesa, na maré cheia. Guardanapos, ondas, areia e um pensamento: que sorriso, meu deus! Tão bom isso, né? É... tão bom. Não há mais ninguém no bar. Um dedo parte, risca a coxa alheia (sim, ainda tem duas mesas com gente lá no fundo), o dedo continua tateando através das roupas os elásticos escondidos, pressionando os músculos, os ossos, um vai e volta que acaba num suspiro. Em dois suspiros, na verdade, próximos do "vamos sair daqui?".

Vamos, decidem.

Enrolaram mais cinco minutos. O tempo de um pescoço se deixar acariciar, girar arrepiado de um lado e de outro. Você sabe pra onde a gente pode ir? Sei. Sorriram e prepararam outro cigarro: papel, língua, tabaco apertado para a caminhada até o estacionamento. O zíper da jaqueta, o salão, a saída, um aceno ao Portal e à garçonete através das árvores da calçada e a volta feliz, a pé até o carro.

Ela pegou as chaves na bolsa. Sentiram o friozinho da noite vindo lá do fundo, lá daquele pontinho que une em perspectiva as duas margens da rua e continuaram andando cobertos por uma lua bem grande e amarela que iluminava a calçada deserta e a entrada do estacionamento. Foi aí que o inesperado aconteceu — ô cena!

Estavam no estacionamento do bar Portal, onde deixaram o carro. Ela muito serena e o moço a achando cada vez mais bonita com aquela jaqueta e tudo. Com o *bip-bip* da porta automática enguiçado, vou ter que girar com a chave, ela pensou. Atravessaram as folhas do chorão quando o moço a pegou pelo braço e — antes de terminar a frase que sussurrava no ouvido dela: *muito ermo aqui, melhor apressar o passo... é essa violência embrutecendo a gente* do nada, veio o tiro. Seco. De bala perdida. Um, dois, três, quatro, cinco segundos de vácuo. Tiro sem origem, caótico, que deixa frágil, em coma, em cinzas, tudo o que lhe atravessa o caminho. Assim, do nada e *bam*! Ninguém por perto, nem por longe. O tempo murchou de repente, com uma violência. Fatalidade? Não sabem responder. Seis, sete, oito segundos de vácuo, de sorte ou susto sinistro, não sabem responder. A bala passou perto demais, deixou o pára-brisa do carro pendurado em pedaços com um furo de trinta e oito no meio, e os dois amantes intactos, em pé, sobreviventes fisicamente observáveis da catástrofe, da hecatombe desses estalos de projétil e pólvora. Largaram o carro do jeito que estava e saíram andando com um passo depois do outro, asfalto afora, empurrados pela brisa fria e agradável, muito agradável, que chacoalhava as folhas do chorão e lhes enchia de oxigênio as narinas, as gargantas, os pulmões, até dissipar-se num ponto no fundo dos estômagos, no ponto de onde brotava-lhes o desejo radical e mútuo de amar.

Queimada Grande

Repousava no móvel da cozinha o exemplar do jornal *Correio Litorâneo* de 1º de setembro de 1933. Sua notícia de capa abria pela seguinte informação:

A zero hora e vinte e três minutos de antes de ontem, a estação de rádio da Agência do Lloyd Brasileiro, em Santos, recebeu esse inquietante radiograma: "S.O.S. — Naveloyd — Santos — Staed Mars — bateu encalhada — Queimada Grande — uma hora cerração fechada — porão um e dois fazendo água." Essas linhas foram enviadas no primeiro radiograma do capitão Catambry, o comandante do Staed Mars. Sua embarcação deixou o porto de Paranaguá e deveria subir o sul do litoral paulista para acostar somente em Santos, onde deixaria parte de sua carga de madeira. Encalhou antes. Com a proa na extremidade norte da ilha da Queimada Grande. Latitude: 24° 29' sul. Longitude 46° 40' oeste. Há esperança de que o mar tranqüilo anime, porventura, em seu capitão a fé em salvar o navio.

Bzz bzz...

No móvel da cozinha, uma mosquinha decola da folha do jornal. Noquinha testemunha num instante o ir e vir ligeiro e livre da mosquinha. Apoiada contra o batente da porta, na hora do lusco-fusco, naquela luz em que cão vira lobo, como dizem alguns, Noquinha volta a fincar o olho na manchete sobre o Staed Mars. Corta o olhar, de quando em quando, apenas para servir o esposo e o filho, na sala, onde decidem com outros homens o que falta e o que sobra na política da vila. Espera uma gargalhada ou um "desculpe mas eu não concordo" para ousar interrompê-los com outro cafezinho na bandeja. Obrigado, Noquinha. Parto uma fatia de bolo, senhores? Ora, por que não? Já vou pegar! E assim vai e volta ela da cozinha para a sala e de uma para outra, sempre servindo. Depois, encosta-se contra seu batente. Tem o dedo furabolo que enrola e desenrola, feito um mantra, a prega do vestido. Noquinha refletindo. Fora boa filha e agora estava sendo boa esposa e boa mãe. Cumpriu o que cumprido deveria ser. Agora, projeta. Distrai-se com o passeio das moscas, a cabeça tombada sobre o pescoço oblíquo e um pé coçando o outro. O pensamento joga, divaga. O *bzz bzz* das moscas. Ah! Até amanhã, doutor Fulano; até, Sicrano; até, cumpadre!

Noquinha fecha a porta, entra, varre, faz comida, jantam, lava, enxuga, guarda, arruma e, antes de apagar a luz, beija filho, marido, família que já dormia. Daí, debruça-se sobre o plano decidido: partiria só, com o clarear do dia, rumo ao porto da vila e de lá seria pioneira de sua própria vida. O desconhecido do Staed Mars, o capitão Catambry, com sua barba escura, com seu uniforme de anjo, botões dourados, havia de esperá-la na ilha da Queimada Grande. É assim que Noquinha decidia seus desejos. Restavalhe a travessia. E ela faria a travessia. Seguiria em silêncio pela areia até a canoa azul. Sentaria-se, por instinto, no meio do barquinho. Receberia os primeiros pingos de espuma projetados pelas ondas. Não daria atenção às banalidades ditas pelo vento. Deslizaria sobre a água salgada num sobe e desce cadenciado que enviezaria seu horizonte e, de novo, a canoa deslizaria. O vento lhe projetaria outras gotas sobre as coxas e faria-lhe recomendações mais severas. Noquinha faria a travessia acompanhada de botos e águas-vivas.

O segundo radiograma do capitão Catambry à Agência do Lloyd Brasileiro deixava claro seu otimismo. Pediu dois mil tijolos, cinqüenta barricas de cimento, cem barricas de areia, três carpinteiros, três pedreiros, dez quilos de pregos e duzentos quilos de carne fresca. Salvaria a embarcação e, se deus quisesse, voltaria a comandá-la em sua rota habitual entre o Rio Grande e Manaus. Não fosse a má visibilidade, estaria rumando ao norte a uma hora dessas. Infelicidade passageira, em seu entender.

Ao amanhecer, não precisou ser lembrado que estava preso àquela que, no continente, fora apelidada de Ilha das Cobras. Uma porção, jamais vista, de jararacas enrolava-se em tudo quanto era árvore. Outras tantas viam-se pelo chão. Pé na ilha é igual a pé na cova: equação resolvida, repetiu várias vezes, naquela manhã de fim de inverno.

Depois, dedicou-se à orientação da tripulação sobre os preparativos do resgate. Não viu necessidade no auxílio proposto pelo vapor de carga Pará, prestes a atender o S.O.S. lançado pelo primeiro radiograma — Não carece. Continua viagem, Pará. Manda-me rebocador de alto-mar. Tenho mantimentos para dois dias, posso esperar rebocador, prefiro rebocador — respondeu o valente teimoso.

E um rebocador partiu da Guanabara.

Noquinha, deslizando, mantinha o olhar fixo em uma única direção: a ilha da Queimada Grande. Não a distinguia, ainda. Impossível com aquele vermelhão do sol nascente na vista. Ocupava-se em retirar da face seus longos cabelos empurrados pela ventania, tarefa infinita quando se tem o mar em frente e a nuca exposta ao sopro do vento terral da manhãzinha. Nessa altura, a imagem do marido e a do filho, que um dia também seria marido e pai tal qual os outros homens da vila, escapavam pouco a pouco do interesse da mulher. Pois não, senhores. Mais café! Já lhes trago, bem quentinho. Ah, Sicrano, eu discordo.

Uns biscoitos? E as lembranças de Noquinha iam amolecendo.

Noquinha levantava o remo, puxava-o, metia-o na água, empurrava-o. Deslizaria a canoa sobre o mar até a Queimada Grande, até seu encantado capitão e lá saberia o que dizer: Catambry, aqui estou. E ele responderia: já te esperava, Noquinha. E ela: meu capitão, nada mais tem importância, agora que estamos juntos. Então, vem, Noquinha, olha o mato, as pedras, todo esse oceano explodindo por todos os lados e vem comigo, porque eu te chamei, gritei teu nome a noite toda e agora estás junto de mim. Tenho medo, meu capitão! Ora, Noquinha, fizeste a travessia que é a passagem mais dura que poderias ter feito, tu tens coragem, mulher, dá-me tua mão.

Noquinha levou o olhar até a mão molhada que apertava o remo, deixou o pensamento onde estava e quis estar na ilha no instante seguinte (Ah! A barba escura). Sentia o cansaço e a correnteza aumentando quando, num estalo, tirou os olhos da canoa e os dirigiu ao horizonte. Tomou fôlego. Ao largo, Queimada Grande já podia ser apreciada. Uma rocha esticada saindo da água, uma ponta mais elevada do que a outra e todas aquelas cobras. Noquinha ruminou algo em voz alta, mas não alto o bastante para sobrepujar o vento.

— Vento forte no quadrante sul — condições climáticas mudando rápido — Naveloyd — Santos — Staed Mars — movendo rápido — Catambry e tripulação esperam rebocador alto-mar — urgente —

Noquinha remava já ensopada pelas gotas cada vez mais frias das ondas que a canoa azul furava. Gritava: Maldito barco, não, não, não! Morrerás sozinho com sua madeira azul encharcada de água e sal, se este é o teu desejo. Eu sigo, não morrerei agora tão perto do meu futuro.

Enquanto isso, a canoa avançava para trás e para os lados. Vento forte, mar cada vez mais crespo, muito branco das ondas que quebravam contra o sórdido casco azul, e um cansaço de tremedeira no corpo de Noquinha. Passara, em minutos, daquela manhã clara a uma noite cinza. Não tem âncora para jogar, não tem fundo nesse mar, não, não, não! (Suspiros) — e caiu um forte temporal.

— Urgente — Perigo — Porão: três metros de água. Mudança de posição. Staed Mars afunda —

Afunda Staed Mars — Forte temporal quadrante sul — Abandonamos casa de máquinas... julgo-o perdido... aguardo auxílio rebocador... Catambry pede... ... ... —

O Staed Mars acabou de afundar, provavelmente, no mesmo momento em que a canoa azul em destroços tocou as rochas da maré baixa na ponta sul da ilha da Queimada Grande.

Alguns dias depois, um outro exemplar do *Correio Litorâneo* repousava sobre o mesmo móvel da cozinha. Trazia a conclusão do caso: dizia com letras grandes que, após uma série de radiogramas e preparativos, uma drástica mudança climática fizera o capitão Catambry abandonar o projeto de resgate de seu navio; dizia que o Staed Mars, movido pela força do mau tempo, batera com a popa nas rochas e afundara próximo da região conhecida como "saco da banana"; dizia a latitude: 24° 29' sul e a longitude: 46° 40' oeste; dizia que um rebocador de alto-mar que partira da Guanabara e que perdera o contato com o Staed Mars acostara na Queimada Grande horas depois do naufrágio; dizia, num tom melodramático que, por um milagre, um verdadeiro milagre do espírito santo, o comandante Catambry e toda a tripulação foram resgatados com vida. Encerravam as informações marítimas o boletim meteorológico, os horários das marés, a inauguração do novo cais e, algumas linhas mais abaixo, em letras normais, a descoberta do corpo morto de Noquinha, afogada, trazida pela correnteza ao porto da vila e, misteriosamente, repleto de picadas de cobras.

Uma mosca decolou da folha do jornal. Mas, com os homens conversando política, café e bolo na sala, ninguém a viu nem ouviu o seu *bzz bzz*...

Um buraco na tarde

Ele almoçou vinho e cigarro, tanto. Repetiu a dose, as doses, até agora, quase seis da tarde. O tempo esfriou um bocado dentro da cozinha que até a empoeirada lâmpada de 60w, acesa desde quarta-feira passada, acabou cedendo. Movendo apenas o necessário, ele olhou para o teto procurando o fio de onde pendia a lâmpada responsável pela escuridão. Sobre ela pousou seu olhar, seu pensamento e, de uma certa forma, suas têmporas que batiam um *tum-tum tum-tum* irregular, típico de quem... de quem... Ele meditava: de quem... *Tum-tum tum-tum*. Divagou mais um pouco em silêncio e abandonou a conclusão da frase em pleno *de quem*. Continuava lá, sentado, abatido, a mesa de madeira enquadrando os cotovelos que sustentavam a cabeça. Voltou a tentar. E por mais que tentasse não adiantava — nunca adianta quando se quer recompor no pensamento a imagem do ser recém-perdido. Não conseguia, ou quando conseguia lembrar do nariz eram os olhos que não se encaixavam, e quando encontrava os olhos da mulher querida, o sorriso transformava-se em voz desconhecida. Não adiantava, teria que não forçar porque é no não-pensar que pode reaparecer, num *flash*, o rosto inteiro. Ah!, o cabelo curto de perfil era o mais fácil de refazer. Concentrava-se nos olhos e na boca que conhecera e agora não sabia como os recompor para a lembrança. Impossível o não-esforço, agora, naquele momento da tarde. Poderia, é claro, recorrer ao retrato na carteira mas não era esse o *flash* que queria. Retrato restringe a fisionomia, foge do que ele buscava: a mulher em movimento, sorrindo e beijando-o. E essa escuridão atazanando! Forçava e bebia mais um pouco para que o álcool lhe trouxesse o tal do não-pensar que, ele já sabia, não chegaria nunca, agora. O gato familiar roçava-lhe a perna. Espantava o peludo e punha-se a assoprar as migalhas de tabaco de cima da mesa, a lavar o copo e o resto da louça acumulada, embolorando na pia com o fio de água fria escorrendo ensaboado. Um pouco de ordem. E voltava para a mesa quadrada, de madeira, na cozinha mais ou menos calma, agora à tarde. Lembrou que o bebê dormia no quarto. Passou, esqueceu. Olhava a lâmpada queimada e, atordoado, voltava a tentar formalizar a ausência: a pele doce do nariz feminino aparecia nítida; acompanhavam-na também algumas palavras de carinho, te amo tanto, é bom isso, será para sempre. De repente perdia o nariz, perdia os sons. A memória convocava mas a mulher não vinha. Desistiu. Baixou as pálpebras e a partir de então disciplinou-se a olhar unicamente para o meio da mesa, para o ponto central do móvel de madeira sobre o qual colocara o revólver.

Apanhou a arma e levantou a carcaça da cadeira, em silêncio para não acordar o bebê, o pobrezinho que, finalmente, adormecera. Pobrezinho...? Um insulto, pronto a ser atribuído ao filho, veio-lhe à ponta da língua e de lá deu meia volta, goela abaixo, arrependido, deixando escapar no ar uma única sílaba suficientemente fraca em volume e em vulgaridade, incapaz de acordar o filho. Estava confuso, não precisaria dizê-lo. Voltou a agir em silêncio, afastando o gato peludo com o bico de um pé e com o outro dando o primeiro passo leve para não acordar a criança que dormia, agora, finalmente, quase às seis. Aproveitava a *siesta* do bebê; aproveitar não é o verbo justo, mas é que era nessa hora que afincava o pensamento na lembrança da mulher. Mas hoje nada, só uma fumaceira e nada do *flash* de rosto inteiro. Não se conformava: seus miolos lhe sonegando a lembrança da própria esposa.

Entrou no banheiro. Não puxaria a descarga para não perturbar o silêncio, previu enquanto mijava parte do vinho.

De lá para a sala, passos programados, um cuidado para o assoalho não ranger. Deitou-se no sofá ainda fedorento do vômito do bebê. Guardou a arma sob os braços e dos braços fez um travesseiro: precisaria de repouso. O sofá seria um móvel de referência pronto a desencadear-lhe as recordações de afeto, do amor nas tardinhas, daqueles jogos, do sossego, dos cigarros divididos, da confissão nas conversas, da notícia da doença, do choro e da preocupação, se ele já não tivesse, com o rosto suando, adormecido sobre o estofado.

O bebê não tinha nada de grave, foi o que lhe dissera o médico alguns dias antes.

O senhor tem certeza? Ele não pára de vomitar, insistiu o pai.

Já lhe disse que não é nada de grave, dê-lhe o remédio da receita. Se não passar, o senhor volta amanhã. Até logo.

Será a falta da mãe? — hesitou diante do atarefado médico.

Como assim? — indagou o doutor.

Acredito que não seja doença de... O senhor entende?

Não.

Estou supondo que talvez ele esteja nesse estado porque sente saudades da mãe.

Ela não está em casa? — perguntou o médico.

Não — respondeu ele.

Está trabalhando fora?

Não.

Faz tempo que ela partiu?

Uma semana, hoje.

O senhor acha que ela pode voltar?

(...?)

Percebera que o atarefado médico era novo no posto de saúde ou, se não era novo, estava ocupado com tantos novos casos que não acompanhara o caso da mulher, tão falado, escrito, tão comentado. A efemeridade das células e o *blá, blá, blá* publicado pelo *Correio Litorâneo*. O jovem doutor certamente não lera o jornal esta semana.

O posto de saúde continuava o mesmo. Lembrou-se da época em que acompanhava os exames pré-natais. Ô, época feliz: a barriga da mulher inchando bonita, aqueles *bips-bips* da aparelhada, tudo muito limpo, naquela época cheia de projetos e ansiedades. Que nome você prefere? De menino eu gosto de Antônio e de menina eu ainda estou em dúvida. E a médica sussurava-lhes: escutem só, ele se mexe aí dentro, ele nos ouve e mostra que está junto, que a família já está composta; a senhora está sentindo aqui na sua barriga?; então, agora vamos tentar nos comunicar com essa criaturinha de outro modo: o senhor, o pai, o senhor vai conversar com o bebê e nós vamos ver se ele lhe responde, se ele sai da posição atual para orientar-se em direção de sua voz: fale alguma coisa. Que coisa? Qualquer coisa, o que o senhor quiser. O homem sussurou: eu te amo, meu bebê. Um silêncio. Passou um tempo. O casal e a médica se entreolhavam enquanto, numa abaulada, o ventre da mulher transformou-se, arqueando-se na direção do pai. Então, no meio da surpresa, ele acrescentou: eu te amo muito, nosso bebê, teu pai e tua mãe estarão sempre ao teu lado, como agora, nosso pequenininho. E a barriga pendia e borbulhava para o pai. Um bebê de quatro meses na barriga da mãe, como pode?, o ouvido ainda não se formou e o bichinho já escuta, meditava o homem. Ele escuta com a pele, meu senhor, argumentava a médica, advinhando a pergunta não formulada. Com o quê? E ela continuava: a pele é uma membrana que reage às vibrações, é assim com todo mundo, o bebê responde ao que nele vibra, é um ser ainda em desenvolvimento, mas já dotado de muita sensiblilidade; no começo era uma única célula e olhem agora: quatro meses de barriga e já é um mocinho. Ou mocinha, apressou-se o pai. É... ou mocinha, repetiu a médica. Antônio, para mim, apostou a mãe já se vestindo.

E saíam do posto de saúde, marido e mulher abraçados, com um friozinho interior que os obrigava a apertarem ainda mais os ombros. Grudaram-se e assim mantiveram-se durante toda a preparação da chegada do bebê. Ele fez os móveis, era bom com a madeira e com as ferramentas; construía rápido cômoda, cama, armário e todo tipo de brinquedos: uns carrinhos, quebra-cabeças. Balança é perigoso, disse a esposa, deixa para fazer quando ele crescer. Faz um berço bem bonito de pinho, com grades de proteção e um bonequinho na cabeceira, mas faz grande para durar até os dois anos. E ele fazia, enquanto ela dedicava-se às roupas, aos cremes, xaropes e xampus. Punham em suas construções seus projetos de educação, deixando uma divergência aqui outra ali para serem decididas na prática, quando o bebê tivesse chegado e, com as fraldas sujas, estivesse chorando no quarto contíguo.

Voltaram, como exigia a rotina, ao posto de saúde. A médica viu o barrigão, sorriu e perguntou: como vai o Antoninho ou a Antoninha? Me sinto bem, doutora, um cansaço aqui, algumas contrações doloridas ali e uma vontade de ter ele logo conosco. Não se preocupe, no momento certo ele se manifestará e então será uma questão de horas... vire de costas por favor. Doutora, meu marido poderá estar por perto, na hora? Agora sente-se e respire fundo... claro que poderá, acho até muito aconselhável que ele participe, não como uma simples testemunha, mas como um pai já ativo se é assim que vocês desejam. É assim que nós desejamos, não é meu amor? O marido acenou com a cabeça à mulher e voltou a observar a médica em seus exames.

Levante os braços, por favor. Isso, tudo bem. Desabotoe o sutiã, assim. Agora diga-me: dói?

Não.

Aqui?

Também não.

E aqui?

(... !)

Dói muito?

(... !.!.!)

A médica refletiu por um momento. Lavou as mãos e só então começou a explicar o caso. Depois olhou para o casal. A luz fria e fluorescente do consultório ia de encontro ao seu falar calmo, um falar treinado que mulher e marido não percebiam. Falou da necessidade de exames mais precisos. Poderia não ser nada, mas sentia-se, enquanto profissional da saúde, *blá, blá, blá,* obrigada a verificar. Depois, pediu, sem o envolvimento ao qual tinha se entregado até então, que ficassem tranqüilos enquanto os resultados não estivessem prontos. Voltou a esboçar um sorriso, também treinado e mal calculado. O homem percebeu e a absolveu: humanos todos ali embaixo daquela luz branca. Sentiam as paredes se fechando, apesar do sorriso da doutora que garantia que, com o bebê, tudo estava em ordem, seguia seu rumo, crescia dentro dos padrões: placenta, ossos, membros, coluna vertebral, servical e outros termos... Mas o casal já não lhe dava mais atenção.

Um outro dia, no mesmo consultório, decidiram, com serenidade exemplar, mulher, homem e o bebê no colo, o lindo Antônio recém-nascido, que cuidariam para que aquilo que se convencionou chamar de agonia fosse evitado. A médica, em silêncio, manifestou seu acordo e recomendou-lhes que agora voltassem para casa. Atravessaram o batente e saíram. A mulher ao deixar o posto de saúde parecia pronta, feliz, confiante até, não se sabe. Ela parou um instante, abrangendo tudo, os pés no sapato e a sola no cimento, um ar de maio que era uma mistura... ou talvez não fosse mistura de nada, de sentimento algum. Ela pôs-se a pensar no tempo. Ah, o tempo e todas essas questões: sexo, educação, trabalho etc. E começou a sentir a brisa, depois um ventinho e os laços sem nós, sem pontas, sem cadarços. Sentia o coração, os cadernos, o estômago, o alfabeto e suas complexas e inesgotáveis combinações. Sentia o quadril lhe dando a direção para o corpo e a cabeça lhe dando o amparo, ou vice-versa. Enfim, vibrava em uma espécie de pureza só dela, dela se fundindo com o resto. E o que contava naquela hora de todas as horas era a vento, o vento forte e azul das nuvens soprando em seu rosto, para sempre.

O cheiro azedo não evaporava do sofá, pelo contrário, emanava forte aquecido pelo calor do corpo do homem. Foi o gato que o acordou. O homem em um gesto meteu-lhe o revólver no focinho. Ainda sonolento preparou a empunhadura com o dedo no gatilho ameaçador e... *chlep chlep*, lambia o gato o cano preto e frio da arma. Levou, por tal audácia, em vez de bala um belo coice, *miau!*, bem dado. Deve tê-lo deixado surdo, não voltaria a perturbar.

O incidente com o gato, ou talvez o excesso de álcool no sangue, vai saber, retardou-lhe os maus pensamentos e a macabra decisão. Há alguns dias perdera o que lhe restava de serenidade. Sentia o corpo emagrecer, a pele reduzir-se como um milagre às avessas, o revestimento de poucos pêlos comido centímetro por centímetro, definhando na cozinha e no tempo. Os cinzeiros cheios. E hoje à tarde perdera a imagem do rosto da mulher: o sujeito morto transformado em objeto, em objeto irrecuperável. Ah!, é tão difícil gente, suspirou. Um silêncio. Depois, levantou-se para espiar o quarto. O bebê sonhava imóvel esticado no berço, enquanto o gato se divertia com o bonequinho de madeira, construído semanas atrás. Faz um berço bem bonito de pinho, com grades de proteção e um bonequinho na cabeceira, dizia-lhe a mulher. Mas com que voz, com qual entonação, qual sotaque, com qual música ela dizia, porra?! Apanhou a arma deixada no sofá. Ajuda-me, por favor, eu te faço arroz de forno, oferenda, vem comer, ajuda-me, mostra teu rosto, as ruguinhas saindo dos olhos, os dentes, estica um dedo, ajeita o cabelo, um gesto, um só, para eu lembrar e não te deixar desaparecer assim como um fim, como um pneu que explode e vira nada, vai, fecha, sacode o guarda-chuva, chega do açougue, faz, vai, aparece. *Tum-tum tum-tum*, latejavam-lhe as têmporas... Aparece inteira, natural, vai, não estou te pedindo muito, porra!, gritou afundando-se no sofá, suando azedo e moribundo, com o cano do revólver até a metade dentro da própria boca. Começou o cálculo absurdo: quantos minutos, segundos, ele ainda teria de vida? A mais mórbida das contas. O dedo angustiado molhando o gatilho pronto a estourar. O *tum-tum tum-tum* das têmporas. Restava-lhe um minuto mais ou menos? O tempo de mijar na calça o resto do vinho que encharcaria o forro do sofá. Um último delírio...? Esquecera algo...? Os dentes apertam e já arranham o ferro da arma, a mão treme, o gatilho feito mola inicia sua trajetória. Lembrou-se muito lucidamente que esquecera de trocar a lâmpada de 60w da cozinha, mas agora, com o tambor do revólver girando, às seis em ponto, já era noite o buraco da tarde.

Migravit ad Dominum

Falar de alguém que até poucas horas atrás vivia bem e que, agora, por uma dessas fatalidades de carro batido em curva de estrada, encontra-se em um leito de pronto-socorro, entubado pelo nariz, pela boca, pelo ânus, agulhado na veia do braço, esfolado, sedado, chegando pouco a pouco à extremidade de sua existência, falar de alguém nesse cenário é tarefa arriscada, destinada ao fracasso, até mesmo para o mais delicado dos tatos.

Para quem fica haverá o enterro amanhã e talvez uma missa requerida pela reduzida família ou por um ou outro colega. Depois cada um voltará para sua casa e certamente fabricará sua própria receita de luto: sozinho no chuveiro, à mesa com as crianças, no ônibus ou no elevador que levam ao trabalho, às quartas-feiras ou aos domingos. Pouco importa. O fato é que alguns dos conhecidos, que estão vivos, convidarão o morto para um passeio mais ou menos longo, mais ou menos freqüente, mais ou menos opaco em suas memórias. Outros o esquecerão para sempre. Quanto a mim, durante anos treinei meus miolos a consertarem o estrago causado pela chegada repentina de uma eventual ausência. Confesso-lhes que apliquei-me na tentativa de improvisar uma resposta à seguinte pergunta: como fazer para que aquele que não podemos mais acompanhar permaneça, de um jeito ou de outro, ao nosso lado? Ou, em outros termos, como fazer para que da separação imposta pela morte não resulte o abandono total? E eis que diante da oportunidade — dessa maldita oportunidade — para responder às minhas dúvidas eu recuo. Não vejo mais sentido.

É que com esses verdadeiros pedaços de realidade me batendo forte na cara, qualquer resposta sairá capenga... é tão recente isso tudo! Talvez devesse, mas nem no ditado popular que evoca a sabedoria do tempo eu me apego mais, nem em testamento espiritual, nem em discurso de adeus, nem no sono eterno, nem na escolta de anjos acompanhando o cortejo até o Senhor (a mais tranqüila das viagens).

Não sei se o que aconteceu é castigo ou recompensa. De qualquer maneira, trata-se de um grande desamparo. Talvez não devesse dizer o que vou dizer porque talvez seja feio, talvez fosse melhor calar a boca e parar de escrever. Mas é que, depois do acidente, retiraram-me todas as esperanças. Furaram-me com esses tubos e seringas, e deixaram-me sozinho num leito de pronto-socorro. E só agora, quando um enfermeiro desliga os aparelhos e começa a lavar meu corpo frio, é que penso que essas últimas linhas podem esclarecer alguma coisa. Mas nem nisso acredito mais, agora que já morri e ainda não sei.

Este livro, escrito em Paris, entre 2003 e 2004,
é dedicado a três grandes amores:

Joaquim
Vera Abbud
e Isabelle Elizéon

Este livro foi composto na tipografia
Minion, em corpo 12,5/17,5, e impresso em
papel off-white no Sistema Digital Instant Duplex
da Divisão Gráfica da Distribuidora Record.